从心所欲不逾矩

许渊冲

2021年4月(100岁)

许渊冲汉译经典全集

莎士比亚

A Midsummer Night's Dream

夏夜梦

许渊冲 译

商务印书馆
创于1897 The Commercial Press

图书在版编目（CIP）数据

夏夜梦 /（英）威廉·莎士比亚著；许渊冲译．—北京：商务印书馆，2021
（许渊冲汉译经典全集）
ISBN 978-7-100-19405-1

Ⅰ．①夏…　Ⅱ．①威…②许…　Ⅲ．①喜剧—剧本—英国—中世纪　Ⅳ．①I561.33

中国版本图书馆 CIP 数据核字（2021）第 022296 号

许渊冲汉译经典全集
夏夜梦
〔英〕威廉·莎士比亚　著
许渊冲　译

商　务　印　书　馆　出　版
（北京王府井大街 36 号　邮政编码 100710）
商　务　印　书　馆　发　行
南京爱德印刷有限公司印刷
ISBN 978 - 7 - 100 - 19405 - 1

2021 年 3 月第 1 版　　开本 765 × 965　1/32
2021 年 3 月第 1 次印刷　　印张 3 7/8

定价：55.00 元

目 录

剧中人物

特修斯　神话中的雅典公爵

西波丽　神话中被特修斯征服的亚马逊女王，特修斯未婚妻

伊杰斯　雅典廷臣，何美娅之父

黎山得　何美娅的情人

何美娅　黎山得的情人，父命嫁德米律

德米律　海伦娜的情人，向何美娅求婚

海伦娜　德米律的情人

彼得·昆斯　木匠，业余演员，演报幕人

尼克·波顿　织工，业余演员，演剧中人皮拉摩

方西·甫路特　风箱木工，业余演员，演剧中人西施碧

斯纳格　细木工，业余演员，扮演狮子

汤姆·斯洛　补锅匠，业余演员，扮演墙壁

罗宾·塔沃林　裁缝，业余演员，扮演月光

欧贝朗　仙国之王

荻太娅　仙国之后

好人罗宾　又名朴克

豆花　仙后左右的仙女

蛛网　同上

飞蛾　同上

芥子　同上

菲罗特　特修斯侍臣

特修斯其他侍臣、荻太娅左右的其他仙女。

第 一 幕

第一场

雅典。特修斯公爵宫中。

（特修斯、西波丽、菲罗特等侍臣上。）

特修斯　现在，美丽的西波丽，我们结婚的日子快到了。四天之后，欢天喜地的岁月就要光照人间，但是，残年碎月却像寡妇或继母一样，对遗产还是恋恋不舍呢！

西波丽　四个白天经过黑夜的洗礼，会显得更加光彩夺目，四个黑夜会使时间变得如梦似幻。新月有如爱神弯弓射出的闪闪银光，会把幸福洒满我们的新房。

特修斯　去吧，菲罗特，快去鼓舞雅典年轻人的欢乐心情，唤醒他们喜气洋洋的活泼精神；把忧郁和痛苦都扫进坟墓里去吧！我们怎能让忧伤悲哀的面孔出现在美好的日子里呢？亲爱的西波丽，我用我所向无敌的宝剑向你求婚，用打败了千军万马的胜利来求得你的爱情，但是，我要用全新的情调来庆贺我们的婚礼。要看得天地都目瞪口呆，听得人们都神魂颠倒，醉得全世界都昏天黑地啊。

（伊杰斯及其女何美娅，黎山得及德米律上。）

伊杰斯　敬祝威震海外的主公幸福无疆！

特修斯　谢谢，忠实的伊杰斯有什么事吗？

伊杰斯　我是来向主公诉说家事，诉说我不听话的女儿何美娅如何不听教训的。德米律，你站到前面来。高贵的主公，我要我的女儿和这个年轻人结婚。但是，黎山得，你也站到前面来。这个小伙子打动了我女儿的春心，写了些勾引她的情诗，和她交换了表示爱情的纪念品，他在月光下，在她窗前唱着情歌，用自作多情的声音唱出了他的虚情假意。把他的头发绕着她的手腕，给她戴上爱情的指环，送她花哨的礼物，满足她的虚荣心，用华而不实的小玩意，微不足道的小东西，便宜的花束，好看不好吃的点心，这些容易打动柔嫩心肠的粗俗物品。——明察秋毫的主公，如果我女儿在尊驾前还不听从父命，和德米律结婚的话，那我就要请求：根据古老的雅典法令，是否可以执行它赋予父亲对女儿掌握的生死权力？敬请主公定夺为祷。

特修斯　何美娅，你怎么说？听话吧，美丽的姑娘。对你说来，你父亲的话就是天命，他按照天命塑造了你美丽的形象，你是他亲手塑造的蜡像典型，他可以使你的美丽流传于世，也可以使它消失得无影无踪。何况德米律是一个不错的配偶呢。

何美娅　黎山得也不错呀。

特修斯　他本人的确也不错，但是作为配偶，他没有得到你父亲的同意，这就不如另外一位合适了。

何美娅　我希望我的父亲能用我的眼光看人才好。

特修斯　不，是你的眼光应该顺从你父亲的看法。

何美娅　敬请仁慈的主公宽大为怀，恕我大胆妄言。

我也不知道哪里来的勇气，改变了我谦逊的态度，竟敢在主公面前畅所欲言。请求主公让我知道，如果我不同意德米律的婚事，落到我身上的会是什么不幸的命运。

特修斯　不是面临死亡，就是终身不再和男人发生关系。美丽的何美娅，你内心到底有什么愿望？你想如何度过你美好的青春，又不辜负你高贵的家世血统呢？如果你不遵从你父亲的选择，那就只好去穿上修女的道袍，永远关闭在幽暗的修道院里，过一辈子凄清寂静的日子，对着冷漠无语的残月，有气无力地唱着圣歌。虽然年纪轻轻，就这样聚精会神地走上终身朝圣的道路，令人倍加敬仰，但是放弃了青春的幸福，就像让美丽的玫瑰在荆棘丛中自生自灭，凋谢得无影无踪，不让世人倾心欣赏她的美色花香一样，那是多么令人惋惜啊。

何美娅　主公，我宁愿像玫瑰一样自开自谢，自生自灭，不愿让我处子的青春花朵由我不愿委身的主子摧残折磨。

特修斯　多花一些时间好好考虑一番吧！等到下一次天空吐出新月的时候——也就是我和我的多情人签名盖印、缔结鸳盟的日子——到了那一天，你再决定到底是违抗父命，宁死不屈，还是低头应允德米律提出的婚事，或者在月神坛前立下终身不嫁的誓言，去修道院过一辈子的独身生涯呢。

德米律　可爱的何美娅，不要太苛刻了。——黎山得，不要妄图非分，争夺我应得的权利！

黎山得　德米律，你得到了她父亲的好感。但我得到的是何美娅的爱情。你能和她的父亲结婚吗？

伊杰斯　好一个狂妄大胆的黎山得！的确不错，他得到了我的好感，我愿意把我钟爱的女儿嫁给他，我还要给他丰富的陪嫁呢。

黎山得　主公，我的家世和家产都不在德米律之下，我的感情却比他深厚得多。如果只以物质财富而论，我在各个方面也不比他少，只比他多；而我敢夸下海口的是：在精神财富方面，我得到了何美娅珍贵的爱情，这是他望尘莫及的。为什么我不可以得到我应该得到的爱人呢？此外，我还要当众揭露德米律的三心二意，他向纳达的女儿海伦娜求爱，搞得这个可爱的少女上当受骗，把他这个油嘴滑舌、朝三暮四的浪子当作她的偶像，对他心醉神迷，而他却喜新厌旧，又来向何美娅求婚了。

特修斯　这事我也听到传闻，但是没有闲暇过问。现在，德米律，你跟我来，还有伊杰斯，你也来吧。我有话要对你们说。至于你呢，美丽的何美娅，你的想象也要武装起来，才能对抗你父亲的意愿，否则，雅典的法律不会对你格外开恩的，我们也不能用感情来战胜法理，你就只好走上死亡的道路，或者立下终身不嫁的誓言。——来吧，西波丽。我的情人，不要让他们的烦恼打扰我们的好事！——德米律和伊杰斯，我的喜事还要你们出力，我还要谈你们的事呢。

伊杰斯　我们敢不从命？

（众下。黎山得和何美娅留台上。）

黎山得　怎么啦，我的多情人？你的脸色怎么忽然变白了？什么事情使你脸上的玫瑰凋谢了呢？

何美娅　没有雨露滋润，花朵怎能鲜艳？但愿我眼前的风暴能洒下一片甘霖！

黎山得　唉，我在书上读到的，传说中听到的，真正的爱情故事从来都不是一帆风顺的。不是家世——

何美娅　唉，不是家世高不成，就是低不就。

黎山得　就是年龄——

何美娅　真倒霉，不是年龄老的老，就是少的少。

黎山得　或者是异口同声——

何美娅　天呀，借别人的眼睛，看自己的情人。

黎山得　即使不同的看法求同存异了，又会碰到战争、死亡、疾病的围攻，使爱情像过耳的歌声、美人的丽影、短暂的好梦、黑夜的闪电、瞬间展现的天堂，你还来不及喊一声“看呀！”，它已经消失在无边黑暗的血盆大口中，光辉灿烂立刻无影无踪了。

何美娅　既然真正的情人前途总是障碍重重，那就让我们耐心接受苦难的考验吧，因为爱情的道路不会一帆风顺，途中总会有顽石挡道，感情总少不了思念、梦想、叹息、愿望、眼泪紧紧相随的啊。

黎山得　说得有理。听我说吧，何美娅。我有一个寡居的伯母，家庭收入不少，但是没有子女。她家离雅典有三十多里，把我当唯一的继承人，因此，温柔多情的何美娅，我可以在那里和你结婚，不受雅典法律的限制。如果你愿意的话，明天夜里可以从你父亲家里溜到五里路外的树林中来，就是你我和海伦娜度过五月节的那个地方，我就在那里等你，好吗？

何美娅　我好心的黎山得，我用爱神的金弓银箭起誓，要他的箭头能射中情人的心；我再用为美神驾车的飞鸽起誓，要飞鸽不断把美洒向人间；我还要用使灵魂和爱情结合在一起的一切起誓，甚至用迦太基王后被特洛亚王子遗弃时焚身自尽的烈火来起誓，像金弓银箭射出的爱、飞鸽洒下的美、烈火烧不尽的感情一样，我明天会在约好的地方和你见面。

黎山得　那我就等你了，我的多情人。瞧，海伦娜来了。

（海伦娜上。）

何美娅　美丽的海伦娜，你到哪里去呀？

海伦娜　你说我美丽吗？还是不要说吧。
德米律只说你美，那才是幸福。
你的舌头能唱歌，眼睛能指路。
牧羊人说：听你像听云雀歌唱，
听得山楂发芽，小麦青青生长。
病会传染，如果美会传染多好！
把你的美容转化为我的美貌！
我耳朵要留住你甜蜜的歌声，
我眼睛要染上你迷人的眼神！
我愿意，只要我们能改头换面，
把全世界来换德米律的爱恋。
啊，告诉我你怎么用美目巧笑
主宰德米律见异思迁的心头！

何美娅　我对他皱眉，他却很欢喜。

海伦娜　我的巧笑还不如你皱眉。

何美娅　我对他责骂，他却笑哈哈。

海伦娜　我祈祷也比不上你责骂。

何美娅　我越讨厌他，他越追求我。

海伦娜　我越爱他，越成了讨厌货。

何美娅　他的糊涂不是我的错误。

海伦娜　美貌可使他不走上歧途。

何美娅　放心！我不会让他再说我漂亮。
黎山得和我就要离开这地方。
在我第一次见到黎山得以前，
天下的乐园似乎就只有雅典。
但法理有力量使人间的天堂
变成地狱，这点真是难以想象。

黎山得　海伦娜，我们敢向你推心置腹，
到了明天夜里，月神刚刚露出
她水面镜子一般的银色面貌，
用珍珠泪装饰了翠绿的小草，
那是有情人私奔最好的时辰，
我们要双双溜出雅典的大门。

何美娅　在树林中，在你和我都喜欢躺
在上面谈心事的报春花坛上，
我对你吐露过我内心的思想。

那就是黎山得约好了的地方，

我们的眼光将不再留在雅典，

而要去和陌生的新朋友见面。

再见了，好朋友，请为我们祈祷，

祝你和德米律也会有好运道！——

黎山得，记住时间，我们的眼睛

要到明天深夜才能重温旧情。（下。）

黎山得　何美娅，不必担心。——海伦娜，再见。

但愿德米律也渴望和你见面！（下。）

海伦娜　一个人总欢喜和别人比，

雅典人说：我和她一样美。

但是德米律却不这样看，

别人怎么说，他一概不管。

他错爱了何美娅的眼睛，

我偏偏错爱了他的人品。

缺点和坏事怎么不重要？

爱情重内心，也要重外表。

爱神看人只用心，不用眼，

若不信，请看他盲目的脸。

爱神从来不肯耐心等待。

他的两只翅膀飞得多快！
爱神也并不是一个小孩，
但却从来只上当，不学乖。
小孩子赌咒发誓不算数。
谁要相信他，那是太糊涂。
德米律看见何美娅之前，
他赌咒发誓只把我爱恋。
但是等到一看见何美娅，
甜言蜜语又像冰雹落下。
我若告诉他：他俩要私奔，
时间就是在明天的黄昏。
若是他追赶来到树林中，
我报信也算对他立了功。
但他见到何美娅，我痛苦。
这种悲哀啊，我又向谁诉？（下。）

第 一 幕

第二场

雅典昆斯家中

（木匠昆斯、细木工斯纳格、织工波顿、风箱木工甫路特、补锅匠斯洛、裁缝塔沃林上。）

昆　斯　演员都到了吗？

波　顿　你最好点点名，一个一个念名字。

昆　斯　这是名单。在雅典，要为公爵和夫人新婚之夜演出一个闹剧，这是再好不过的了。

波　顿　首先，彼得·昆斯老兄，说说这个戏演什么吧，然后再念演员名单，这样就做到点子上了。

昆　斯　天呀，我们演的是最悲哀的喜剧。皮拉摩和西施碧悲惨的结局。

波　顿　那是一台好戏，我敢担保，会逗得大家哈哈大笑。现在，彼得·昆斯老兄，照着演员名单念吧。演员老兄们，不要挤在一起！

昆　斯　我念到谁的名字，谁就答应一声。织工尼克·波顿。

波　顿　来了。告诉我：我演什么角色？再接着念名字吧。

昆　斯　尼克·波顿，你演主角皮拉摩。

波　顿　皮拉摩是个什么人？是个多情郎，还是个霸王？

昆　斯　是个多情种子，为了爱情，不惜做出英勇牺牲。

波　顿　那在演他的时候，不要流眼泪吗？若要我演，那观众就要当心他们的眼睛了，我会感动得他们泪如雨下。不过我自己表演悲痛，还是有分寸的。若让我演别的角色，我的性格更适合演个力大无穷的霸王；很少人演赫鸠力士比我演得更好，我会演得更好。

天翻地动山摇，
人如惊弓之鸟；

我要扭断锁链，

打破地狱牢门；

拉下车上的太阳神，

不让他走向前；

我要剪断命运女神

手中的生命线。

这才是至高无上的表演。现在，继续念你的演员名单吧。我说的是赫鸠力士的表现，一个霸王的表现，但是若演情郎，那就要表现得缠绵悱恻了。

昆　斯　风箱木工方西·甫路特。

甫路特　来了，彼得·昆斯。

昆　斯　你得演西施碧。

甫路特　西施碧是个什么人？是一个流浪骑士吗？

昆　斯　是皮拉摩爱上的女主角。

甫路特　不行，说实话，不要让我演女人，我脸上要长胡须了。

昆　斯　那不要紧，演出时要戴假面具，不过说话可得要尖声细气。

波　顿　如果遮起脸来，我也可以演西施碧。我会尖声细气地说：“西施碧，西施碧！”“啊，皮拉摩，我亲爱的丈夫，你亲爱的妻子西施碧来了。”

昆　斯　不行，不行，你得演皮拉摩。——甫路特，你演西施碧。

波　顿　那好，念名单吧。

昆　斯　裁缝塔沃林。

塔沃林　来了，彼得·昆斯。

昆　斯　塔沃林，你得演西施碧的妈妈。补锅匠汤姆·斯洛。

斯　洛　来了，彼得·昆斯。

昆　斯　你演皮拉摩的爸爸；我自己演西施碧的爸爸。细木工斯纳格，你演狮子。演员名单就这样定了。

斯纳格　狮子的台词写好了没有？写好了就请你给我吧，我背台词要费时间。

昆　斯　你不用背台词，只要学狮子吼就行了。

波　顿　让我也扮狮子吧，我学狮吼不会像女人吼得丈夫害怕。我会吼得连公爵都说：“让他吼吧，让他吼下去吧！”

昆　斯　如果你吼得太凶，连夫人太太们都吓得胆战心惊，她们会气得要吊死我们的，那我们可倒霉了。

众　人　那每一个妈妈的儿子都得遭殃。

波　顿　如果你们吼得女人心烦意乱，甚至魂不附体，那我会像鸽子喂奶、夜莺唱歌一样，用甜言蜜语哄得她们回心转意的。

昆　斯　随你怎么说得天花乱坠，你也只能演皮拉摩，因为皮拉摩是个脸善心甜的正人君子，使人一见如沐春风，如浴夏雨，是个再可爱不过的男子汉，所以非得你演不可。

波　顿　那好，演就演呗。演他戴什么样的胡须呀？

昆　斯　怎么？随你的便。

波　顿　那我就要戴上满脸枯草，一片苍黄，或者又紫又红，或者像个法国铜板。

昆　斯　法国人得了秃头病可是寸草不生的呀，那你就得演一个小白脸了。诸位老兄，这里是你们的台词。我要求你们，请求你们，恳求你们，明天夜里要背得滚瓜烂熟，然后我们到离城三里外的公爵府树林中去，在月光下排演。如果在城里排练，那来看热闹的人会很多，我们的玩意儿就显得不新鲜了。同时，我还要开一张戏里用得着的道具清单。所以请大家务必不要误事！

波　顿　我们会去的，那里排演可以放心大胆，不怕伤风败俗，丢脸现眼。费点劲吧，台词一定要记住。再见。

昆　斯　到公爵府的橡树林子里再见。

波　顿　好了。准备弯弓射箭吧。

（众下。）

第二幕

第一场

雅典附近树林中

（小仙女从甲门上，好人罗宾［朴克］从乙门上。）

罗　宾　小仙女，你到哪里去？

仙　女　不管高山或者平地，

不管玫瑰或者荆棘，

我飞过了篱笆围场，

不怕火熊熊、水洋洋。

我在到处悠游闲荡。

飞得轻快犹如月光。

我伺候仙国的女王，

把露水洒在青草上。

金立花是她的护卫，
金光闪闪令人心醉。
红宝石是爱的标记，
光辉灿烂香气扑鼻。
我找珍珠般的露水，
给金立花当作耳坠。
再见吧，罗宾，祝你好！
仙国王后就要来到。

罗　宾　仙国国王今夜要来消遣，
不要让仙后来到他眼前。
欧贝朗非常容易发脾气，
因为仙后有一个很欢喜
的王子是从印度王那里
骗来的，欧贝朗却很妒忌，
要他做侍卫去林中打猎。
但仙后却爱王子的美色，
给他戴上五彩的小花冠，
说他这样打扮讨她喜欢。
国王仙后在林中，草地上，
在闪烁星光下或清泉旁，

一见面就争吵，吓得精灵
躲进草丛，个个胆战心惊。

仙　女　如果我没认错，你就是那一个
欢天喜地又调皮捣蛋的家伙，
你是好人罗宾。我有没有认错？
你吓得乡下小姑娘不会挤奶，
或者让磨子里磨不出谷子来？
或者是害得老板娘气急败坏？
有时你做好了的酒没有发酵，
你使夜里寻欢的人不得逍遥。
谁叫你“好朴克”就会有好运气。
你为他奔东走西。这不就是你？

罗　宾　你说得倒不错，那个人就是我。
我就是那个东奔西走的家伙。
有时我和欧贝朗仙王开玩笑，
就学喂饱得像怀胎的母马叫。
有时我像唠唠叨叨的老太婆，
酒碗里浮动的那一个烂沙果，
她拿起酒碗和她的嘴唇一碰，
我就让麦酒离开了她的喉咙。

聪明的老太婆讲悲惨的故事，
有时把我当作三只脚的凳子，
我从她屁股下溜走，她就跌倒
地上，大叫救命，并且连声咳嗽，
引得全场老少抱着屁股大笑，
越笑越厉害，眼泪鼻涕一起流。
这样快活哪里有，发誓又赌咒？
小仙女，让开吧，欧贝朗要来啦。

仙　女　仙后也来了，但愿他们不要碰头！

（仙国之王欧贝朗及侍从自甲门上。仙后荻太娅及侍从自乙门上。）

欧贝朗　又在月光下相逢了，目中无人的荻太娅。

荻太娅　怎么啦，争风吃醋的欧贝朗？小仙女，走开吧。我和他已经各走各的路啦。

欧贝朗　且慢，说话不思前顾后的女人，难道我不是仙国之王了吗？

荻太娅　那么，我就是名正言顺的仙后了。但是我记得你偷偷地溜出了仙国，打扮成牧羊人柯林，整天在那里吹麦笛，和牧羊女菲丽达唱歌作诗，谈情说爱，你忘了吗？你为什么离开了遥远的印度到这里来？说老实话，还不就是为了和扎紧裤带、穿上猎人鞋、好大喜功的亚马逊女王调情来了？但是她要和特修斯结婚了，你就只好来祝贺他们床笫之欢，祝他们繁荣昌盛了。

欧贝朗　你怎么不害羞，荻太娅？居然不相信我和西波丽的往事！是不是因为我知道了你和特修斯的私情？难道你不是在星光黯淡的夜里勾引他离开了他征服的佩丽金，使他背信弃义又离开了美丽的女神埃格丽？还有带他离开迷宫的女神雅丽娜？还有亚马逊国的安迪葩？

荻太娅　这些都是你妒忌捏造出来的，自从入夏以来，无论我们在高山上或低谷中，树林里或草地上，鹅卵石垫底的清泉或湍急的溪流之旁，或是怒涛汹涌的海滩上，只要我们随着甜言蜜语的和风跳着圆舞，你就会来大叫大嚷，破坏我们的欢乐。因此，和风不能给曼舞伴奏，不免心生怨意，就从海上带来了一片浓雾，弥漫了地面。每条小河都咆哮起来，在陆地上随意泛滥，牛也不能犁田，农民流汗也没有用，青苗还没有吐须就烂在田里，牛栏在一片洪水中空空如也，乌鸦却饱餐了腐烂的尸体而长得肥胖成群。九柱戏的场地堆满了污泥，迷宫般的大路小道都因为无人行走而杂草泛滥，无人能找到路径。这里只有人类的严冬，连秋夜也听不到欢乐的颂歌。因此，主管潮汐的月神气得脸色惨白。如果空气不能洗得干干净净，流感就会盛行，四季也会混淆不清：白发苍苍的浓雾会笼罩着鲜艳盛开的玫瑰，冬神的冰冠上会有青草发芽。春夏秋冬交换了服装，难分彼此。这些坏事的根源都是我们失和引起的，所以我们是一切坏事的根源。

欧贝朗　那你就应该弥补过来呀。这一切都看你的了。为什么荻太娅要违背她的欧贝朗呢？他要求的不过是把你的一个养子当作我的侍童而已。

荻太娅　那你就死了这条心吧。仙国休想买到我的孩子。他的母亲是我的忠实信徒，在异香扑鼻的异乡印度，我们常常一夜又一夜地肩并肩坐在海神的金黄沙滩上谈心里话，看着风流的海神把水上商船的白帆胀大了肚皮，她也就用美妙的姿态游入大海，和海神风流一番，结果就生下了我这个养子。回到岸上，她又为我东奔西走，就像海船带来丰富的商品一样，满足我各种美妙的需求。但她到底不是仙人，和海神生下孩子后就离开了人世。为了她的缘故，我收养了她美得迷人的孩子。如果我和她的孩子分开，怎么对得起他已离开人世的母亲呢！

欧贝朗　你打算在树林中待多久？

荻太娅　大约待到特修斯新婚之后。如果你耐心和我们一同跳圆舞，看我们在月下狂欢热闹，那就待下来看吧。否则，你走你的大道，我走我的小路，我们还是分道扬镳好了。

欧贝朗　把孩子给我，我就和你同走。

荻太娅　你把仙国给我，我也不换。——仙女们，我们走吧！再待下去，又要不欢而散了。

（荻太娅及侍从仙女下。）

欧贝朗　好，走你的小路去吧。你这样不让我称心如意，我能让你称心如意地离开这林子吗？——我的好朴克，过来吧！你还记得有一次我们在海岬上听美人鱼唱歌吗？美人鱼骑着海豚，唱得这样美妙动听，连汹涌奔腾的海浪也俯首帖耳来倾听她的歌声，甚至天上闪烁的星星也要冲下万里长空来一睹美人鱼的芳容了。

朴　克　我记得的。

欧贝朗　就是那一次，我看见，可惜你看不到，在月亮和地球之间，飞来了一手弯弓、一手射箭的爱神。他瞄准了一位西天的美人，射出了百发百中的神箭。但是我却看到年轻爱神如火如荼的利箭射向西天美人平静如水、纯洁如月的心中，并没有引起丝毫感情的波澜，却落到她身边的野草闲花上去了。小花本来洁白如雪，中了爱神的飞箭，立刻满脸绯红，多情的少女会说：这是一种心病。这种鲜花我曾指出给你看过，你快去给我摘来；它的花汁如果滴在睡着了的男人或女人的眼皮上，当他或她睁开眼睛的时候，立刻会如疯似狂地爱上他或她第一眼看到的有生命的人物。快去给我把花摘来！在翻山倒海的水怪还没游上一海里的时候，你要把花送到。

罗　宾　我可以在四十分钟之内给地球围上腰带。

欧贝朗　有了这种花汁，我可以在荻太娅睡着了的时候，把花汁滴在她的眼皮上，等她醒过来时，第一眼无论看见什么，不管是狮是熊，是狼是牛，是无事生非的猴子或者无事忙的猿猴，她都会全心全意地爱上。在我用别的花汁消除她的心病之前，我要她把她心爱的侍童给我。什么人来了？不过他们看不见我，我就听听他们说什么吧。

（德米律上。海伦娜随后上。）

德米律　我不爱你，请你不要跟着我走了。黎山得和美丽的何美娅在哪里？我不能让他们一个追一个，但是何美娅却迷得我离不了她。你告诉我他们私奔到这个树林中来了；现在我也到了林中，却不见她的踪影。我追她追得都快要发疯了。你走开吧，不要再跟着我了。

海伦娜　是你吸引我到这里来的，你这块狠心的磁石。不过，你吸引的不是铁，而是我钢铁般坚定的心。如果你没有吸引力，我也就不会跟着你走了。

德米律　我引诱过你吗？说过你美吗？我不是明明白白地告诉过你“我不爱你，也不可能爱你”吗？

海伦娜　即使这样，我却更爱你了。我成了你的猎狗，尽管你打我骂我，我也要讨你的好。德米律，你对我越狠，我越想讨你好。你把我当你的猎狗吧，你打我骂我，瞧不起我，不在乎我，我都会逆来顺受，只要你让我这个无用的人跟随你。在你的感情中，还可能给我再低的地位吗？——但是对我而言，这已经是高不可攀的了。——难道我连一条猎狗都比不上吗？

德米律　不要惹得我心里讨厌你吧，因为我一看到你就心烦了。

海伦娜　但是我不看到你也心烦了。

德米律　你单身一人离开城里，把自己交给不爱你的男人，你就不怕在夜深人静时，失去自己珍视的贞操吗？

海伦娜　你的品行就是我的保证。我一看见你焕发的容光，那就驱逐了黑夜；树林中也不是没有人，你就是我的全世界，世界就在眼前，还会没有人么？

德米律　我要离开你到荒野中去，让野兽来对付你吧。

海伦娜　野兽也不会像你这样狠心，你要到哪里去，就到哪里去吧。神话传说可能要改写了：本来是太阳神追求女神达芙妮，达芙妮摇身变成了丹桂树，才保持了冰清玉洁。现在反过来，是鸽子追鹰、雌鹿追虎了。加快速度又有什么用？弱者能胜过强者吗？

德米律　我不能浪费时间来回答你的问题，让我走吧；如果你一定要跟着我，那到了深林中，你不怕我会做出对不起你的事吗？（下。）

海伦娜　唉，在城市的大庭广众之中，在渺无人烟的荒野上，你已经做过对不起人的事了。去吧，德米律，你对不起人，已经使我做出对不起女人的事，女人不能像男子汉那样去为

爱情斗争，

女人不能够向男人求爱，

只有男人能向女人表态。

我跟着你，把地狱当天堂，

殉情而死也是痴心妄想。（下。）

欧贝朗　再见，我的仙女，在他离开树林之前。

我要让你高飞，让他追着和你见面。

（好人罗宾上。）

你把花摘来了吗？欢迎！跑遍世界的采花人！

罗　宾　（拿出花来。）花就在这里了。

欧贝朗　那就快给我吧。

我知道百里香生长的好地方，

也知道报春花、紫罗兰的家乡。

满山遍野的忍冬花多么芬芳。

有的蔷薇多花，有的发出麝香。

荻太娅有时就在花丛中过夜，

她在那里跳舞多么兴高采烈！

花蛇蜕下的皮看来五彩缤纷，

小仙女拿来穿的确非常合身。

我要把花汁涂在仙后眼皮上，
使她心里充满了讨厌的幻想。

（把花汁给罗宾。）

你也带点花汁到小树林中去，
找一个在热恋中的雅典少女。
她爱上了瞧不起她的小绅士，
你要在他的眼皮上滴下花汁，
让他一醒来就看见这个少女，
她穿的是雅典服装。你要快去，
小心要使男方的爱超过女方，
在天亮前你来告我做得怎样。

罗　宾　请你不必担心，一定完成使命。

（同下。）

第 二 幕

第二场

雅典另一树林中

（仙后荻太娅及侍从仙女上。）

荻太娅　来跳一个圆舞，唱一首神曲，第三件事是：你们有的去消灭麝香玫瑰蓓蕾中的害虫，有的去打蝙蝠，用它翅膀上的皮毛来给小精灵缝衣裳，有的去赶走每夜看见小仙女跳舞就呼叫的猫头鹰。现在，唱催眠曲吧，你们各做各的事去，我要休息了。

（仙女唱歌。）

仙女一　不要让我们看见刺多如毛的刺猬，

也不要看到斑斑点点的蛇头蛇尾，

蝾螈和蜥蜴不要来打扰，

更不要惊醒我们的仙后！

合　唱　夜莺啊，用你的甜言蜜语

为我们唱醉人的催眠曲！

不要吵，

不要闹，

没有什么比睡觉更重要。

轻轻地走到仙后的身边，

慢慢地把今夜唱成明天！

仙女二　织网的蜘蛛啊，不要到这里来，

长腿的纺织娘，请你快快走开！

黑色的甲虫啊，不要走得太近，

别搞得乱七八糟，蜗牛和蚯蚓！

合　唱　（同上）夜莺啊，用你的甜言蜜语……

仙女一　走吧，一切都已做好，

只留一个精灵放哨。

（众仙女下。）

（荻太娅入睡。欧贝朗上。）

欧贝朗　等你醒来，你会看见谁呢？

不管是谁，都要和他亲密，

并且爱他，而且为他憔悴：

豹和熊都浑身是毛，

在你眼里它们都好。

它们变坏，你就醒来。（下。）

（黎山得同何美娅上。）

黎山得　多情人，你在树林中走得快要晕倒。

说实话，我也累得不认识路了。

如果你认为合适的话，

我们还是休息一下吧。

何美娅　就依你吧，你去找个地方睡下，

我就在这里躺着陪野草闲花。

黎山得　野草闲花可以当我们的枕头，

正是两颗心合而为一的时候。

何美娅　不，黎山得，你应该明白我的心，

躺得远一点，不要离我这么近。

黎山得　甜心，要正确理解什么是爱情，

爱的意义是双方一定要交心。

我们的心一定要交织在一起，

结果是两颗心几乎合而为一。

海誓山盟使你和我难解难分，

我们两个其实已经成为 人。

你我之间已经没有两张卧床，
躺你身旁，使你不会迷失方向。

何美娅　黎山得谜语般的话真是巧妙，
如果我认为他说一套做一套，
他就认为我做人自尊心太高。
好朋友谈情说爱也要守规矩，
躺远一点吧，做人要老实谦虚。
这样两人分开躺着可以说是
更适合结婚前的男士和女子。
因此分开吧，好人，祝你睡得好！
爱情不会改变，直到生命终点。

黎山得　阿门，阿门，山盟海誓不必更新，
让爱情和生命一同万古长青。
祝你好好休息！这里是我的床。

何美娅　半心半意，也要你把眼睛闭上。

（二人睡下。）（好人罗宾上。）

罗　宾　我走遍了这个树林，
不见雅典人的踪影。
那该在谁的皮肤上
试花汁激发的力量？

夜深人静——那人是谁？
穿着雅典服装入睡？
是我主子说的那人？
他抛弃了雅典女性，
让她睡潮湿的地上，
却把野草闲花当床？
可怜的女人不敢躺
在无情无礼人身旁。
坏蛋，我要在你眼上
滴下花汁作为药方。（把花汁滴在他眼皮上。）
等你醒来，爱情就会
在你的眼皮上安睡，
让你看见谁就爱谁。
你何时醒？我不知道，
我要去向主子汇报。（下。）

（德米律上，海伦娜追上。）

海伦娜　等一等，就是要我死，也等一等嘛，德米律。

德米律　我叫你离开我，不要这样追着我了。

海伦娜　唉，你要把我丢在黑暗中吗？不要这样。

德米律　站住，跟着我危险！我要一个人走。（下。）

海伦娜　我这样傻追，简直喘不过气来！
但是我越追他，越得不到理睬。
何美娅多幸福，无论什么地方，
她都能吸引情人祝福的目光。
她的眼睛这么明亮，不流眼泪，
我的脸孔却时常被泪水淹没。
不，我看起来比狗熊还更丑陋，
连狗熊看见我也会吓得逃走。
所以毫不奇怪：德米律一见我，
就吓得像狗熊一样赶快藏躲。
我像一面扭曲人形的凸凹镜，
怎能得到何美娅一般的爱情？
那是谁？黎山得？怎么躺在地上？
死了或是睡了？没流血！没受伤！
黎山得如没死，就睁开眼看我！
黎山得　我愿为你这个美人赴汤蹈火。
上天几乎把海伦娜造得透明，
从前胸就可以看透你的内心。
德米律在哪里？啊，多坏的人名！
我要叫这恶名在我刀下受刑。

海伦娜　不要这样说，黎山得，我求求你，
他也爱何美娅，那有什么关系？
何美娅爱的是你，你应该满意。
黎山得　对何美娅满意？不，我非常后悔，
和她在一起的时间都是浪费。
我现在爱白鸽一般的海伦娜，
谁还在乎乌鸦一般的何美娅？
男人的意志该为理智所左右，
理智告诉我：你才是我的女友。
万物生长不到时候不会成熟，
我过去太年轻，不懂人情世故，
现在我才刚明白生活的艺术。
理智指导意志，才能走上正路。
在你面前，从你眼里，我才看见
多少爱情故事历历如在目前。
海伦娜　为什么要我忍受这样的嘲笑？
什么时候你对我也这样轻藐？
啊，年轻人，难道我还不够丢脸？
德米律从不亲热地看我一眼！
我是这样丢人，只好吞声忍气，

你却还要来开玩笑，瞧我不起！
哪里有人像你这样来求爱的？
还是再见吧。但我不得不承认
我本以为你是个真正的好人。
没想到我没赢得德米律的爱，
却受到你这别出心裁的对待！（下。）

黎山得　她没有看见何美娅。睡你的吧，
何美娅！不要再走近黎山得啦。
如果吃多了过于甜蜜的食物，
那反会引起肠胃深深的厌恶。
相信异端邪说的人一旦悔悟，
会把左道旁门看得贱如粪土。
你就是我的甜品和歪门邪道，
怎么还会有人留恋，还能讨好？
啊，我要尽我所能来爱海伦娜，
做她忠实的骑士追随左右吧。（下。）

何美娅　（醒来。）快来呀，黎山得，快来把蛇拉走！
不要让它一直霸占我的胸口！
哎呀，可怜我吧，这只是个噩梦，
但是我却吓得发抖。心也震动，

居然害怕蛇要把我的心吃掉，
而你却在那里不动，反而微笑。
怎么？你不再在原来的老地方，
你没听见我说？怎么不声不响？
哎呀，你在哪里？说呀，你听见吗？
为了爱情，说呀；我怕要晕倒啦。
没有回音，你一定不在我身旁。
如果找不到你，那就面临死亡！（下。）

（仙后荻太娅一直睡着不醒。）

第三幕

第一场

同前。荻太娅未醒。

（业余演员波顿、昆斯、斯纳格、甫路特、斯洛及塔沃林上。）

波　顿　人都到齐了吗？

昆　斯　人都按时到了。这地方正是个好排演场。这块绿草地可以当舞台，这小片山楂林就是后台了。我们可以在这里排演，就好像公爵也在场一样。

波　顿　彼得·昆斯？

昆　斯　波顿老兄，你有什么话要说？在《皮拉摩和西施碧》这出喜剧中，有些场面恐怕不会受到欢迎。首先，皮拉摩要拔剑自杀，女观众看了恐怕受不了。这一点你怎么说?

斯　洛　天哪，你担心得有理。

塔沃林　我看自杀可以不演。有那些好戏就够了。

波　顿　不行，我有一个弥补的办法。由我来写一段开场白，开场就说明刀枪不会伤人，皮拉摩也不会真死。为了更加保险，不妨告诉观众：演皮拉摩的是我，我是织工波顿，不是皮拉摩，这样就可以免得大家担心了。

昆　斯　那好，就来一段开场白吧。应该写成一行八个字，另一行六个。

波　顿　不，可以再加两个，每行都是八个字，好吗?

斯　洛　女观众不怕狮子吗?

塔沃林　我看会害怕的。

波　顿　诸位老兄，你们该好好想一想，把一头——老天保佑！——把一头狮子带到女观众面前。还有比这更可怕的吗?没有什么比一头活狮子更可怕的禽兽了。我们应该考虑到这一点。

斯　洛　那开场白就加一句，说它不是真狮子吧。

波　顿　不，还要说出演员的真名实姓，狮子颈上要露出演员的半张脸来，他自己一定要说清楚，要这样说，或者说的后果差不多是："女士们"，或者"漂亮的女士们"，"我希望你们"，或"我请求你们"，或"我恳求你们不要害怕，不要吓得发抖。我用生命担保，你们的生命不会有危险。如果你们真把我当作一头狮子，那我可要倒一辈子的霉啦。不，我不是狮子。我是一个和别人一样的人"。这时，他要说出自己的真名实姓，明白无误地告诉大家：他是细木工斯纳格。

昆　斯　好的，就这样吧。不过，还有两个难处：那就是，怎样把月光带到房间里来呢？因为，你们知道，皮拉摩和西施碧是在月光下会面的。

斯　洛　我们演戏的那夜有月光吗？

波　顿　拿日历来，拿日历来！看看月份牌上是怎样说的。找出有月光的日子来，看看哪几天夜里有月光。

（大家查看日历。）

昆　斯　有了，那天夜里有月光。

波　顿　那不正好吗？你可以把窗户打开，让月光从窗口进入我们演戏的大房间，那房里不就有月光了吗？

昆　斯　那好，还有一个办法，就是让一个人拿着一把树枝和一盏灯笼，说自己就是月光，或者是演月光的人。还有另外一件事，大房间里要有一堵墙，因为剧情说明：皮拉摩和西施碧是隔着一堵墙。通过一个墙洞谈话的。

斯　洛　你不能把墙搬上舞台呀。波顿，你看怎样办？

波　顿　总得有人演墙，那就让他身上涂满石灰，撒满沙子，表示他是墙吧；或者让他把手指露出缝来，（做手势。）表示墙上有洞，那皮拉摩和西施碧就可以通过墙洞谈话了。

昆　斯　如果这样演，那就好办了。是娘养大的儿子，都坐下来念你们的台词吧。皮拉摩，你开个头，大家一个接一个，按顺序排演下去！

（好人罗宾上。）

罗　宾　（旁白）哪里来的土里土气的乡巴佬，竟敢在仙后休息的地方装腔作势，胡说八道？怎么？预备演戏？那好，我来做个观众，说不定的话，我还可以客串个把演员呢。

昆　斯　说话吧，皮拉摩！——西施碧，站到前面来。

皮拉摩　（波顿饰）花的气味闻起来地角香。

昆　斯　不是地角香，是的确香！

皮拉摩　（波顿饰）西施碧，你的呼吸也一样。

听，有人说话，你且等一等。

我就回来看你，和你会面。

罗　宾　哪里有这样演皮拉摩的！（下。）

西施碧　（甫路特饰）现在，该我说吗？

昆　斯　当然该是你说。你要知道，他只是去听听有说话的声音，马上就会回来的。

西施碧　（甫路特饰）皮拉摩光辉灿烂得像百合花。

像玫瑰有刺，像蔷薇一样漂亮。

活泼得又像是一个年轻儿郎。

美得和犹太人一样地久天长。

老实得像一匹不知疲倦的马，

我要在开国君王陵墓会见他。

昆　斯　是“开国君主”，不是“君王”，老兄。怎么？你还不该念这段台词呢，这是你回答皮拉摩的话，你怎么把后面的台词都念出来了？皮拉摩，你上场吧，你的台词已经过了。你就接着“不知疲倦的马”念！

西施碧　（甫路特饰）老实得像一匹不知疲倦的马。

（罗宾上。皮拉摩［波顿饰］戴驴头上。）

皮拉摩　（波顿饰）说我漂亮。西施碧，我也是你的。

昆　斯　啊，怪了，啊，怪了！是不是闹鬼了？诸位老兄，快走吧！老兄，老兄，走你们的吧！

（除波顿外，业余演员均下。）

罗　宾　我要跟你们走，带你们走一圈，

经过树丛、草丛，还有荆棘满园。

有时我们骑马，有时放跑猎狗，

有时却又赶猪，有时烈火怒吼。

马鸣，狗吠，猪咕噜，大火烧。

像猪马狗熊，像烈火一样吼叫。（下。）

波　顿　他们干吗跑了？是不是要诡计来作弄我？

（斯洛上。）

斯　洛　啊，波顿，你怎么变啦？看你变成什么了！

（下。）

波　顿　你看见什么啦？自己的驴头吧！

昆　斯　老天保佑，波顿，老天保佑你，你变成个驴头人了。（下。）

波　顿　我看穿他们的把戏了：他们要把我当驴耍，要吓唬我。我只管原地转，随他们干什么，我只走来走去，唱我的歌，让他们知道我并不担忧。

（唱）乌鸦要唱歌，

张开嘴来直哆嗦。

画眉声音小，

鹪鹩嗓门高不了。

荻太娅　哪位天使把我从百花丛中的卧榻上唤醒过来了？

波　顿　（唱）是燕雀、麻雀，还是百灵鸟？

或是杜鹃唱个没完没了？

谁的歌声这么多人听得真，

却没有一个敢回答一声？

的确，谁乐意费神去和咕咕叫的傻鸟争论是非？

随他叫你作王八或乌龟！

荻太娅　我求你，从天而降的凡人，再唱一遍吧，我的耳朵已经爱上你的歌声啦；你的外貌又迷住了我的眼睛，你的美德俘虏了我的精神，使我对你一见钟情。

波　顿　我看，老板娘，你说话未免太荒唐。不过，说句老实话，理智和感情今天很少结伴同行。不过，它们的左邻右舍如有好意要它们在一块，那对不起，我只好把香花当臭屁。

荻太娅　你的聪明和漂亮可以并驾齐驱。

波　顿　不对，我既无情，又不讲理，但我还有自知之明，只要我能走出树林，就算无忧无虑了。

荻太娅　走出树林？你不要想离开这里，
你得留下，不管你愿意不愿意。
我不是一个普普通通的仙女。
夏天要离开，也要得到我允许。
但是我真爱你。你得和我同走，
我会要小仙女好好把你侍候。
她们会从大海深处淘出珍珠，
装饰你的花榻，一面载歌载舞。

我要洗掉你身上的凡夫俗气，

使你身轻如燕，可以上天下地。

豆花、蛛网、飞蛾、芥子，你们都来！

（四小仙上。）

豆　花　来了。

蛛　网　我也来了。

飞　蛾　我也来了。

芥　子　我也来了。

四小仙　要我们做什么事？

荻太娅　好好侍候这一位大人物！

欢呼雀跃，美化他走的路。

喂他吃杏仁汁和悬钩露，

紫葡萄、无花果和桑葚子，

从蜜蜂那里偷一包蜜汁，

让蜡烛流到大腿的眼泪

点燃萤火虫的眼睛，

使爱情入睡又复醒。

摘下蝴蝶画出来的翅膀，

扇掉他睡眼上的明月光，

对他既点头又哈腰，

做向他致敬的小妖。

豆　花　你好，大人物！

蛛　网　你好！

飞　蛾　你好！

芥　子　你好！

波　顿　（对蛛网）真心实意地对不起，还没有请教大名呢！

蛛　网　蛛网。

波　顿　我希望能结识台端。如果我撕破了衣服，可要借重你来缝补。——请问台端大名。

豆　花　豆花。

波　顿　请向令堂问候半生不熟的豆荚，请向令尊问候硬邦邦的豆壳。并且希望多多指教。——请问台端大名。

芥　子　芥子。

波　顿　芥子酱加牛肉，可以吃得胆小鬼气壮如牛，吃得我泪下如雨。芥子老兄，希望不吝赐教。好一位芥子大师！

荻太娅　来，都来伺候他，把他带入洞房！

我看月亮已经妒忌得眼泪汪汪。

月亮一哭，百花也就泪下如雨。

哀悼被迫失去了贞洁的少女。

绑起我情人的舌头，把他带走！

（全下。）

第三幕

第二场

雅典另一树林中

（仙国之王欧贝朗上。）

欧贝朗　不知道荻太娅醒了没有？
她一眼看见的是人是兽？
但都让她爱得不忍释手。
（好人罗宾上。）
传信人来了。好个捣乱分子！
有什么乱七八糟的事情？

罗　宾　仙后她爱上了一个怪物，
在那个树林深处的茅庐，
那时她已昏昏沉沉睡熟，
来了些土里土气的兄弟，

是雅典店里谋生的伙计，
他们凑合着要演一出戏
庆贺特修斯公爵的婚礼。
这一伙脸厚的无知之徒
居然在戏中要演皮拉摩，
不是本行，走进小树林里。
我就乘机开了一个玩笑，
给皮拉摩戴上一个驴头。
他要给西施碧一个回答，
不料这些戏子一看见他，
像野雁看见猎人就害怕；
像形形色色的红嘴乌鸦
一听到枪声就慌乱如麻，
展翅高飞，纷纷掠过天空，
他们也都逃得无影无踪，
逃时还叫雅典人来救命，
他们理智太弱，恐惧太强，
无事生非也使他们上当。
荆棘来撕破他们的衣裳，
夺走帽子，把短衣袖拉长，

使害怕的人都精神失常。
我让皮拉摩留在老地方，
虽然他已经完全变了样。
但荻太娅还是把他爱上。

欧贝朗　这下干得真妙，超乎我的预料。
你有没有在雅典人的眼皮上
滴下花的液汁，合乎我的想象？

罗　宾　在我滴花汁时，他始终在梦乡，
雅典女人就在他的身旁，
他一醒来，就会看见这个女郎。

（德米律同何美娅上。）

欧贝朗　你过来看，雅典人就是这一个。

罗　宾　就是这个女人，男人是这个吗？

德米律　你为什么这样责备爱你的人？
这样严厉的话只能用于仇家。

何美娅　我还只是责备，没有更加严厉。
其实我怕我有理由来诅咒你。
如果你谋害了梦中的黎山得，
鞋上还有血迹没有用水冲掉，
果真如此，那你等于把我害死。

太阳对白天不如黎山得对我
更加重要。如果他会偷偷离开
熟睡的何美娅，那我相信月亮
会挖地道从东到西穿过地球
和白昼会面，也不信他会溜走。
一定是你谋害了他，你看起来
死气沉沉，面目阴森，是个凶手。

德米律　你说的是受害者的真实模样，
残酷的言语穿透了我的心房。
杀了我，你却像爱神一样流芳。

何美娅　这和黎山得有什么关系？他在哪里？
啊，好一个德米律，你还我人来！

德米律　我宁愿把他的尸体喂我的狗。

何美娅　滚开，狗东西！你要逼得我发疯，
失掉女人的耐性。你害了他吗？
那你就永远不能算是一个人！
说句真话吧，对我说老实话吧！
你看见他的时候，他还清醒吗？
或者还在熟睡，你就狠下毒手？
即使毒蛇猛兽，能比你更狠吗？

一条毒蛇用双倍狠毒的舌头
也比不上你的人面蛇心肠啊！

德米律　你是感情用事，但用错了地方。
我并没有要黎山得流血死去，
就我所知道的，他根本没有死。

何美娅　那就请你告诉我：他还活着吗？

德米律　告诉你，我能得到什么好处呢？

何美娅　我特别允许你以后不再见我，
我不要再见到你讨厌的面孔。
不要再见我，不管他是死是活！（下。）

德米律　她脾气这样坏，跟着她也没用。
还不如在这里待一会儿更好，
免得使沉重的痛苦变得更重。
我对睡眠欠下了还不清的债，
现在我要在这里休息一会儿，
就算多少还了一点儿债务吧。（躺下入睡。）

欧贝朗　罗宾，你把好事做坏了，把花汁
滴在多情人眼皮上，使多情人
变得无情，无情人反弄假成真！

罗　宾　这都是命：有一个人忠于爱情，

就会有成千上万个言而无信。

欧贝朗　快到树林中去。要比风还更快，

去找雅典的海伦娜，她在热爱

一个无情的人，爱得唉声叹气，

爱得脸色惨白，爱得有气无力。

你要用幻象把她引到小树林，

我就马上迷住德米律的眼睛。

罗　宾　我去，我去，你看我会去得多快，

鞑靼人射箭也不能和我比赛。（下。）

欧贝朗　（把花汁滴在德米律眼皮上。）

我让爱神的弓

把紫色的花汁

射入他的眼中，

使他爽然若失。

他张开眼一望，

看见爱神在上，

在高高的天堂。

海伦娜在身旁

能和女神成双。

（罗宾重上。）

罗　宾　我来报告仙国之王，

海伦娜已来到近旁。

我误认的那年轻人

错把她当成了女神。

主公要看他的傻相，

真和笨蛋一模一样。

欧贝朗　站开吧。（站开。）他们的声音

可能把德米律惊醒。

罗　宾　两人同爱一个女人，

一定会演一台好戏。

什么事能使我欢喜？

那就是要超乎常理。

（黎山得上，海伦娜随后上。）

黎山得　求爱怎会是瞧不起？

开玩笑怎会流眼泪？

瞧我赌咒发誓哭泣，

说明我是真心诚意。

这怎么会是开玩笑？

怎么会是唱错曲调？

海伦娜　你说话越来越虚伪，

真话不真，一定有鬼。

你该对何美娅发誓，

对我，就是你的不是。

两个誓言你称一下，

轻飘飘的，都是虚假。

黎山得　我爱她是有眼无珠。

海伦娜　现在更是一塌糊涂。

黎山得　德米律爱她不爱你。

德米律　（醒来。）海伦娜，完美无缺的天仙化人！

我能用什么来比喻你的眼睛？

你的眼如明珠，水晶却如尘土。

你的嘴如樱桃，亲吻犹如谈吐。

你的肌肤纯白，高山顶上白雪

给风吹你身上，看来也像乌鸦。

当你举起玉手啊，让我吻一吻！

纯洁的白雪公主见了也会断魂。

海伦娜　讨厌，鬼话！你们存心要取笑我，

如果懂礼貌，就不该向我开火！

男子汉怎么能这样对待女性？

赌咒发誓、过分夸张也是狠心。

你们是情敌，都说何美娅美丽。
你们是对头，却联合把我取笑。
真是丰功伟绩，要少女流眼泪。
压榨我的耐性，寻你们的开心。

黎山得　你太狠心了，德米律，不要这样！
你爱何美娅，你知道，我比你强。
现在我愿把她向你拱手相让，
这完全是我的一片好心好意，
我对海伦娜的爱会坚持到底。

海伦娜　浪费甜言蜜语，怎叫人看得起！

德米律　黎山得，请你留住你的何美娅。
不要把她送我，虽然我爱过她。
但这些都是已经过去的事情，
我对她的爱情是过客的脚音。
现在对海伦娜却是浪子回家。
我要留住的——

黎山得　不是海伦娜，是吗？

德米律　不要瞧人不起，你还没有摸底。
你这很危险，要付出沉重代价。
瞧，那不是你的多情人来了吗？

（何美娅上。）

何美娅　黑夜能使你的眼睛不起作用，
耳朵却能弥补损失，它能听懂。
视觉受到损害，听觉却能补偿。
啊，黎山得，我看不见你的形象，
但是耳朵还能听到你的声响。
你为什么无情地离开了我身旁？

黎山得　爱情催促他走，他怎能不散伙？

何美娅　什么感情能使黎山得离开我？

黎山得　黎山得的爱情使他不能留下。
他能不爱颠倒晨昏的海伦娜？
她使光明的白天变成了黑夜。
你难道要我离开城市去荒野？
我离开你要走正路，不歪不斜。

何美娅　你说的话言不由衷。怎么可能？

海伦娜　瞧，你和他们原来是一伙！
现在，我才明白你们三个
结合在一起，要来欺负我。
忘恩负义、害人的何美娅，
你怎么和他们一起密谋，

来钓我上钩，开这个玩笑？
忘了过去我们推心置腹，
情同姐妹，日子多么幸福！
我们只怪时间过得太快，
又把我们分开。——难道你已忘记
当年同学的情谊，幼年的回忆？
我们像两个人造的神仙，
要织鲜花，只用一副针线；
要绣图案，同靠一个椅垫；
同唱一支歌，同哼一个调，
仿佛形神都合二为一了。
我们就这样在一起成长，
像两枝樱桃在一棵树上。
看起来分开，其实是一双。
就像纹章上的金剑银盾，
一分为二，进可以攻，退可防身。
你愿意拆开旧时的情谊，
离开女友，和男人在一起？
那就既不合情，也不合理。
我们女人都要对你责备，

虽然我一个人承担是非。

何美娅　你的热情洋溢，使我惊奇。

是你轻视我，我没轻视你。

海伦娜　你没要黎山得来戏弄我？

来对我的美貌大唱赞歌？

你没要德米律这个爱你的人，

他刚踢起污泥，溅我一身，

突然改口，叫我天仙、女神，

不再是他不愿见的女人？

为什么黎山得居然否认

你在他心灵中占有的感情？

甚至说我在他心中分量不轻？

如果你不同意，他会这样粗心？

我虽然不如你受人欢迎，

没有人依恋我，多么不幸！

最不幸的是：我爱人，没有人爱。

难道你不同情，反而对我加害？

何美娅　我不明白你说这些话有什么意思。

海伦娜　好，就这样装模作样，装出难过的样子。等我转过身去，你又扮鬼脸，眨眼睛，继续开你们有趣的玩笑吧，这玩意儿我会记在心里的。如果你们还有同情心，还能宽宏大量，就不必再这样开玩笑了。再见吧，这也有我的过错，不过一旦生离死别，什么过错都不足道了。

黎山得　等一等，温存体贴的海伦娜。听我说，我的生命、我的灵魂，美丽的海伦娜！

海伦娜　啊，说得多好听！

何美娅　亲爱的，不要这样说反话来挖苦她。

德米律　如果她请求没有用，我就要强迫了。

黎山得　请求没有用，强迫也没用。威胁并不比请求更有效。海伦，我爱你，我用生命担保，我为你愿意牺牲我的生命，所以我愿意用我的生命来保证：说我不爱你的人是在说谎。

德米律　我说我爱你远远超过了他。

黎山得　如果你这样说，我们就去决斗，见个高低如何？

德米律　那就快来吧。

何美娅　黎山得，你这是为什么，我的情人？

黎山得　你的情人？走开，小黑人，走开！讨厌的苦口药！

何美娅　你不是开玩笑吧？

海伦娜　真的，说实话，你是在开玩笑吧？

黎山得　德米律，我对你说的话是当真算数的。

德米律　但愿你说的话能算数，但是我信不过，她也说你是在开玩笑。

黎山得　怎么？难道你要我伤害她，打击她，打死她，你才相信？我虽然讨厌她，但也不能害死她呀！

何美娅　怎么！难道你还做得出比讨厌更坏的事吗？这是为什么？啊，我的天呀！这是什么消息，我的情人？难道我不是何美娅，你不是黎山得吗？我不是和你分别的那夜一样美吗？为什么你那时离开了我？——老天会答应吗？——说真话，你怎么说呢？

黎山得　啊，我用生命起誓，我过去从没有想到过要再见你，所以不要存什么希望。没有问题，无可怀疑，非常真实，不是玩笑，我讨厌你，我爱的是海伦娜。

何美娅　我真该死！你是在变戏法吗？你这个偷花

贼！这个爱情骗子！你怎么半夜来偷走了我情人的心？

海伦娜　好，说实话，你怎么这样不客气，不害羞，不顾面子？怎么逼我的舌头说出不愿说的话来？你这个不识高低的人！

何美娅　不识高低？啊，你说对了，说到点子上了；我这才明白过来她是要和我比个高低。但是身材高大就会高人一等，小巧玲珑就会低人一头吗？你身高在他心目中地位就高，我个子小地位就低吗？长竹竿比不上短手指，我要你尝尝我指甲的厉害。

海伦娜　我求求你们二位，虽然你们拿我开玩笑，但我并没有发脾气，所以不要让她伤害我。我没有吵架的本领，是个胆小怕事的正经女人；不要让她欺负我，打我，骂我。不要以为她个子小我就对付得了。

何美娅　个子小？听，又来了。

海伦娜　何美娅好姐妹，不要对我这么厉害。我和你本来是相亲相爱的，我一直听你的话，从来没有对你不起，直到我爱上了德米律，才告诉他你私奔到树林中来，他就跟着你来了。因为爱他，我也跟着他来。但是他喝我走开，威胁要打我，踢我，甚至要打死我。现在，你就让我悄悄地走吧。我会背着傻瓜的骂名回雅典去，你看我是一个多么简单的糊涂虫。

何美娅　怎么，你要走吗？谁也不会拦住你的。

海伦娜　我留下的只是一颗傻瓜的心。

何美娅　什么？留给黎山得吗？

海伦娜　留给德米律。

黎山得　不用担心，何美娅不会伤害你的。

德米律　不会，老兄，她不会的，尽管你怂恿她。

海伦娜　等到她脾气一发作，那也够吓人的。她在学生时期就是一条狐狸精，虽然个子小，却很厉害。

何美娅　“个子小”，又来了！除了“矮”和“小”，就没有别的字眼了？你怎么让她这样瞧不起我？等我来对付她！

黎山得　去你的吧，你这个小矮子，微不足道的小个子，长不高的双耳草，不需嚼就吞得下去的小豆豆，看不上眼的小东西。

德米律　你这是多管闲事，她并不把你看在眼里。你就让她去吧。也不要再谈海伦娜，用不着你帮腔。如果你还想对她表示一丁点儿爱情，我可要叫你吃不消了。

黎山得　现在她不管我。如果你要看海伦娜中意的是谁，是你还是我，那就跟我来较量一下吧。

德米律　跟你？不，是对你，面对面，下巴对下巴。

（黎山得同德米律下。）

何美娅　这一切都是你惹出来的麻烦。你不要走哇。

海伦娜　我信不过你，也懒得留下来和你做伴了。吵嘴打架，你都眼明手快，我只好甘拜下风，不过我身高体长，要跑还是跑得掉的。

（海伦娜下。何美娅随下。）

欧贝朗　你太粗心大意，又搞得乱糟糟的了。要不就是你有意耍滑头，寻开心。

罗　宾　对不起，仙影国王，是我搞错了。你不是告诉我穿雅典服装的就是我要找的人吗？那我就没有搞错，因为我把花汁滴在一个雅典人眼皮上了。不过话又说回来，我看他们这样乱配对，倒也是蛮好玩的。

欧贝朗　看这两个情人要找地方决斗，

罗宾，快去要黑暗把夜色渗透，

立刻掩盖这星光灿烂的天空，

再用地狱的黑河水把雾染浓，

还要这两个决斗的好汉迷路，

把对手的方向看得模模糊糊。

你舌头要模仿黎山得的口音，

说些脏话使德米律最不爱听；

有时又要像德米律一样谩骂，

使他们两个人立刻成为冤家，

一直等到睡仙模仿死神爬上

他们的额头，再用蝙蝠的翅膀

和沉重的铅腿压得他们入睡，

又用草汁解毒，使黎山得沉醉。

等到他们醒来，一切恢复原状，

争夺情人的事，好像大梦一场。

这两对情人在回雅典的路上

会把一切遗忘，活得地久天长。

你去完成任务，我要去找仙后

讨回印度侍从，消除我眉间愁。

罗　宾　仙国的主公，这些事要快办好，

黑夜的乌龙正把满天云赶跑。

遥远的晨星开始吐出了光芒，

星光闪烁，幽灵就要到处流浪。

罪人的幽魂回到教堂的墓地，

十字路口埋葬了难民的遗体，

可怜人已经走上蛆虫的温床，

害怕白天会暴露他们的惨状。

他们自愿做逃离光明的难民，

永远陪伴着满脸乌云的夜神。

欧贝朗　但是我们却有另外一个灵魂，

所爱的只是晨光熹微的黎明，

像守林人一样踏遍大小树林，

直等到火红的太阳照亮东门，

也用祝福的眼光照亮了海神，

使碧波绿涛发出了金光阵阵。

虽然如此，但是赶快，不要耽误，

要把事情办好，不能等到中午！（下。）

罗　宾　上上下下，上上下下，

我带他们走上走下，

不管城里乡下，见到我都害怕。

罗宾带着他们走上走下。

——这里来了一个。

（黎山得上。）

黎山得　你在哪里？说吧，骄傲的德米律！

罗　宾　（仿德米律）就在这里，坏蛋，拔剑等着你呢。

黎山得　马上就到。

罗　宾　那就跟我到空地上去吧。

（黎山得随声下。）

（德米律上。）

德米律　黎山得，你说谁呀？不要跑掉！

罗　宾　（仿黎山得）胆小鬼，你在向天上的星星吹牛皮吧？你要向野草挑战吗？怎么还不出来，懦夫？顽童，我要用戒尺打你的手心！我已经拔剑准备迎战了。

德米律　好，你在哪里？

罗　宾　跟着我的声音走吧，这里不是显本领的地方。

（同下。）

（黎山得上。）

黎山得　他走在我前面，要我跟上；

等我赶到，他又换了地方。

这个家伙脚跟倒很轻快，

等我赶到，他又不知何在。

把我留在崎岖的道路上，

迷失方向，只好在暗中等天亮。（躺下。）

只要东方露出黎明的曙光，

我就要出这口气，和他干一场。（入睡。）

（罗宾上。德米律随后上。）

罗　宾　（仿黎山得）啊，胆小鬼，不敢来了？

德米律　等一等！敢不敢留下来？我知道你想溜，老换地方，我一到你就溜走了，不敢正面和我交锋。你现在又在哪里？

罗　宾　来吧，我现在就在这里。

德米律　我不去了，你在寻开心。等到白天我看得清你的面目，我再要你付出更高的代价，现在，去你的吧！我在暗中看不清楚，只好在这冰冷的空地上，量量我身材的高度，等白天来临。让女人急得发疯吧！

（躺下入睡。）

（海伦娜上。）

海伦娜　累人的夜晚，又长又讨厌！

东方的晨曦啊，缩短夜的时间！

快快放射出欢乐的光芒，

照耀着我回雅典的路上！

我要离开伴随我的黑暗，

闭上忧郁的眼睛才能喜欢。

让我偷走一点，只要一点

和我自己、和自己做伴的时间。（入睡。）

罗　宾　怎么？只剩三个？还缺一个。

男女各来两个，应该是四个。

还好她来了，倒霉又难过。

爱神是个调皮的小家伙，

他会逼得女人发疯也不错。

（何美娅上。）

何美娅　从来没有这么疲倦，这么难过，

露水使人湿透，荆棘把衣撕破。

爬也爬不动，走也没有用。

腿不从心干着急，只好来休息。

如果要和德米律当对手，

那黎山得只好求天保佑！

（躺下入睡。）

罗　宾　在地上

睡一趟。

我要用草汁

把你眼滴湿。

（在黎山得眼上滴草汁。）

等你醒过来，

才会真愉快。

你第一眼就看见

你旧情人的笑脸。

俗话说得好，

情人眼里会出宝。

你一醒来会看到

新人不如旧人好。

只要不厌旧喜新，

天下男女都太平。（下。）

（黎山得、德米律、何美娅、海伦娜仍入睡。）

第四幕

第一场

树林中

（仙后荻太娅、丑角波顿戴驴头花冠上。豆花、蛛网、飞蛾、芥子诸小仙随侍。仙王欧贝朗隐蔽在后。）

荻太娅　来，来。你就坐上这张花床，
我要抚摸你可爱的长脸，
把麝香玫瑰插在你头上，
吻你的耳朵。要快活一天！

波　顿　豆花仙子呢？

豆　花　在侍候您。

波　顿　给我抓痒。蛛网仙子呢？

蛛　网　在侍候呢。

波　顿　蛛网仙子，用你手上的武器，捉住红屁股的野蜂，把它采的蜜拿来！但要小心，不要把它的蜜囊挤破了，免得溅你一身蜜汁。芥子仙人呢？

芥　子　侍候着呢。

波　顿　伸手过来，芥子仙人，不必拘礼！

芥　子　您有什么吩咐？

波　顿　没什么，好仙人，你帮帮宫廷里的蛛网给我抓痒吧。我要去理发了，我怕头发长得满脸都是，怪痒痒的，一痒我就要抓了。

荻太娅　那么，你要不要听音乐，我亲爱的多情人？一听音乐，你心里就不痒了。

波　顿　我的耳朵倒能听出好音乐来。我喜欢听打铁的砰砰声。

（奏民间砰砰乐。）

荻太娅　或者告诉我，亲爱的，你想吃什么？

波　顿　的确，给我喂饲料吧。我能啃麦秆。给我来一捆干草。啊，干草，干草，还有什么更好？

荻太娅　我有一个什么也不怕的小仙子，会去松鼠窝里给你找新鲜的壳果来。

波　顿　我倒想要一两把干豆。不过，现在，我求你不要让人来打扰我，因为我感到睡神已经压到我的眼皮上来了。

荻太娅　那你就睡吧，我要把你抱在怀里，摇得你昏昏入睡。

小仙子，你们都走吧，随便去哪里都行。

（小仙子下。）

忍冬草就是这样缠着金银花，温柔多情的常春藤也是这样缠绕着榆树手指般的枝丫。

啊，我是多么爱你、宠你啊！

（二人入睡。）

（好人罗宾上。）

（欧贝朗从后方走到前台。）

欧贝朗　欢迎，罗宾，你看到这个场面了吗？

现在，我惋惜她不该这样溺爱凡人了。

因为我刚看到她在树林里对这个傻瓜

滥用感情，我的确有些不耐烦。

她给那毛茸茸的额头戴上芬芳鲜艳的花冠，

花上还滚动着东方珍珠一样圆的露水，

好像是鲜花也流出了眼泪，
在惋惜她不该滥用感情似的。
我随兴之所至表示了不满，
她也露出了温和的歉意，要我原谅，
我就乘机向她讨回那个印度侍童，
她立刻就答应了，并且要侍从仙女
把他送回我在仙境的宫廷。现在，
侍童已经回来，我也应该解除花汁
令人遗憾地留在她眼皮上的遗毒。
因此，好人罗宾，你也快去消除
雅典人眼皮上的流毒吧。等到他
像其他人一样醒过来的时候，
让他们一道同回雅典去，
忘掉这一夜的荒唐梦吧！
但我先要解除花汁对仙后的魔力，
使她忘掉这如梦似幻的朝夕，
月神的仙芽对爱神的弓箭
就可以产生祸福的转变。
现在，荻太娅，醒来吧，我的仙后！

荻太娅　我的欧贝朗，我看见什么啦？

我仿佛爱上了一头驴子呀！

欧贝朗　你的情人不就在那里吗？

荻太娅　这种事情怎么可能发生？

我的眼睛多么讨厌这个人！

欧贝朗　不要说话！——脱下他的驴头，罗宾！——

荻太娅，要他们奏乐吧！

让他们五个人睡得昏迷不醒。

荻太娅　奏乐吧。喂，奏乐！奏得他们大睡一场。

（奏乐。）

罗　宾　现在，等你醒来，张开眼睛望吧。

欧贝朗　奏乐，来吧，我的仙后，牵住我的手！

要唱得这五个梦中人地动山摇，

现在，你和我恢复了旧日恩爱，

明天半夜我们要跳起胜利舞来。

希望大家都要敞开心怀。

和公爵一同举行婚礼，

大家兴高采烈，欢天喜地。

罗　宾　仙国之王，等一等，听一听！

那云雀清晨的歌声！

欧贝朗　仙后，敞开你忧郁的心怀，

走出黑夜暗影的世界。
我们很快就要跑遍四方，
胜过夜行千里的月亮。

荻太娅　请在今夜的飞行中
告诉我事情的始终！
我怎会和凡夫俗子一起
莫名其妙地睡在一块草地？

（同下。）

（号角声中特修斯、西波丽、伊杰斯及侍臣上。）

特修斯　去一个人把看林人叫来。
现在我们要开始观猎了，
这只是我们节日的前奏曲，
我的多情人，应该听听猎犬的交响乐。
把一对对猎犬放到西山谷去！
快点，我说，还要叫管林人来。
美丽的女王，我们要去山顶
听高低起伏、抑扬顿挫的犬吠，
还有错综复杂的乐声。

西波丽　我和赫鸠力士、卡德姆在一起

听克里特岛林中的熊吼猿啼，
斯巴达猎犬左右追击，
我从没听过呼声如此紧急。
吼声传遍林外，远近高低，
高时远播天外，低时又如泉水啜泣
或如雷神怒吼，又吐出温柔的呼吸。

特修斯　我的猎狗有斯巴达尚武精神，
脸长身黄，好像黄沙洒满全身，
耳朵可以听到朝露呼吸的声音。
前后腿屈伸自如，好似希腊牛，
追猎不快，跟随颈上铃声悠悠，
异口同声，叮叮当当可以入调。
不要赞扬，呼唤也不用号角。
无论在克里特、斯巴达，或希腊，
等你听到再说。且慢！这些仙女是谁呀？

伊杰斯　主公，这个熟睡的是我女儿，
这个是黎山得，这个是德米律，
这个是老纳达的女儿海伦娜，
我奇怪他们怎么会都在这里呀！

特修斯　没有问题，他们今天起早

来参加五月节。知道我们的意图，

他们也来参加我们的婚礼。

但是，伊杰斯，你说，今天是不是

你女儿选定丈夫的日子？

伊杰斯　是的，主公。

特修斯　那好，叫猎人来吹响号角，把他们唤醒！

（号角声起，众人惊醒。在幕后呼声中众人惊起。）

你们早呀，朋友们，情人节早已过去了，怎么今天才来树林中学雌雄鸟成对成双呀？

黎山得　对不起，主公。

特修斯　我请你们都站起来。我知道你们两个是情敌，怎么又和好了呢？妒忌怎么没有化为仇恨？厌恶和恐惧怎么也没有破坏友谊，反而使你们同地异梦了呢？

黎山得　主公，我也只能半睡半醒、莫名其妙地回答。但是我敢发誓，我真说不出我怎么到这里来了。不过我想——我真敢说——现在我真相信就是如此——我同何美娅到这里来，目的是要逃避雅典法律的制裁。

伊杰斯　够了，够了，主公，你已经知道了；我请求法律——法律制裁落到他的头上——他们畏罪潜逃，德米律，他们要破坏你我的好事，要夺走你的妻子。改变我的主意，不让我把女儿嫁你。

德米律　主公，美丽的海伦娜告诉我：何美娅他们要私奔潜逃到树林中来，我一气之下，就跟着他们来了。美丽的海伦娜抱着幻想，又跟着我来。但是，好主公——我也不知道什么力量——恐怕是神力吧——使我对何美娅的感情像对童年的玩具一样，忽然冰消雪融了。现在，我全心全意、满腔热情都倾注在海伦娜身上。主公，在我看到何美娅之前，就已经和海伦娜私订终身了。但是，正如一个病人嫌弃的食品，等他恢复健康之后，口味也会恢复正常，现在，我只想得到海伦娜，爱她爱得永远不会满足，并且对她永远忠诚。

特修斯　漂亮的情人，你们的巧遇都是命运注定的，你们的好事还要流传下去。现在，伊杰斯，我不得不改变你的陈规旧习了，我们就要到圣堂去，他们两对也要永结同好。现在，清晨已经悄悄来临，我们原来准备的围猎看来只好放在一边。我们三男三女要去雅典大开盛宴，庆贺我们的婚礼了。来吧，西波丽！

（公爵、西波丽及侍臣下。）

德米律　往事渺茫，有如云中远山。

何美娅　我的眼睛也能重看，把一看成二了。

海伦娜　我也一样，德米律这个宝贝似乎失而复得了。

德米律　在我看来，我们好像还在睡梦中呢。你没看见公爵刚刚还在这里，要我们和他结伴同行吗？

何美娅　的确，还有我的父亲也在。

海伦娜　还有西波丽。

黎山得　还要我们一同去圣堂呢。

德米律　这样看来，我们是大梦方醒，那就紧紧跟随主公，路上再重温旧梦吧。

（众下。）

（波顿醒来。）

波　顿　轮到我说闭幕词的时候，叫我一声！我就会来演出。下一句台词是："最漂亮的皮拉摩。”喂，彼得·昆斯呢？修理风箱的甫路特呢？补锅的斯洛呢？还有塔沃林呢？天哪！真要命，全都偷偷地跑了，剩下我一个人在这里睡大觉。我看到什么怪事了？我做了一个想象不到的怪梦，如果想解梦的话，那就要把人变成驴子。我记得我是——如果有人要说出我的梦来，那一定是一个七拼八凑的大傻瓜，他的眼睛能听到，耳朵能看到，手能尝到，舌头能想象，心能写出有头无尾的歌词，写出《波顿的梦》。而波顿的梦是个无底洞，我只在戏的后半，在公爵面前才唱，或者要等西施碧死了再唱啊。（下。）

第四幕

第二场

雅典。昆斯家中。

（昆斯、甫路特、斯洛、塔沃林上。）

昆　斯　有没有人去过波顿家里？他还没回家吗？

塔沃林　没有他的消息，不是成仙，就是变怪了。

甫路特　要是他不来，戏就垮台了。没有他，怎么演呀？

昆　斯　不能演了，全雅典除了他没有人能演皮拉摩。

甫路特　没有他，全雅典就没有演戏的能工巧匠了。

昆　斯　说对了，唱起歌来，他也是雅典无嗓。

甫路特　不是“无嗓”，而是“无双”，无嗓岂不是哑巴了。

（细木工斯纳格上。）

斯纳格　诸位，公爵从圣堂出来了，还有两三对新人也参加了婚礼。我们的戏一演，一定会哈哈大笑。

甫路特　波顿这个误事的家伙！他这一辈子也休想得到六便士的赏金了。如果他演皮拉摩，我敢打赌，公爵会赏他一天六便士的。他也值得这笔赏钱，演皮拉摩，赚六便士，这值得。

（波顿上。）

波　顿　你们这些家伙到哪里去了？

昆　斯　波顿，你显本领的日子、最走运的时刻到了。

波　顿　诸位，我要说些怪事，但是不要问我；一问一答，不是雅典风格。不必多问，我会想到就说。

昆　斯　那就说吧，好个波顿！

波　顿　不说我，只说公爵宴后要你们出场，挂上胡须，系上丝带，马上到公爵府去。每人记住台词，不能偷工减料，也不要加油加酱。狮子要会张牙舞爪；不要吃葱吃蒜，免得气息熏人！我们只说甜言蜜语，演得皆大欢喜。

不多说了，快上台吧！

（众下。）

第五幕

第一场

雅典。特修斯公爵府。

（特修斯、西波丽、伊杰斯及侍臣上。）

西波丽　我的特修斯，这些情人谈到的事真是稀奇古怪。

特修斯　怪而不真。我从来不相信这些古老的传说，稀奇的神仙故事。情人和疯子都有波涛汹涌的头脑，能够无中生有，看得见客观冷静的人无法理解的事。这些狂热的情人和诗人一样，想象力非常丰富。有人看见的魔鬼多得连地狱都容不下，那是疯子。情人也是一样狂热，埃及女王一皱眉头，在罗马大将看来，却是美如天仙。诗人的眼睛滴溜溜一转，可以上天下地，平地升天，可以想象出千姿百态，使无形的事物变得具体；在诗人笔下，无名英雄可以声震天下，虚无缥缈的想象可以筑起高楼大厦，这都是丰富的想象随心所欲洒下的无穷乐趣。到了夜里，阴暗的树林摇身一变，就会突然成了一头黑熊。

西波丽　刚刚讲到的夜间故事凝结了他们心灵的思想，看来不是凭空捏造的想象，而是有真凭实据的故事。不过，不管怎么说，总是令人惊异、大开眼界的传奇。

（黎山得、德米律、何美娅、海伦娜上。）

特修斯　多情人都来了，多么兴高采烈！朋友们，让欢乐和新生的爱情永远伴随你们的心灵吧！

黎山得　不只是伴随我们，更是步步追随主公的道路、宫室，还有床笫。

特修斯　用什么化装舞会或音乐会来打发这盛宴之后、良宵之前，显得度日如年的三个小时呢？掌管庆祝事宜的典礼官来了没有？手头有什么消愁解闷的节目吗？叫伊杰斯过来！

伊杰斯　这里有一张准备上演的节目单，请主公随意挑选先演哪一个。

黎山得 “赫鸠力士大战马面神”，由希腊阉臣演唱，有竖琴伴奏。

特修斯 不要这出。我的亲人赫鸠力士的丰功伟绩，我已经对新夫人讲过了。

黎山得 “惊天动地的希腊歌手在酒神狂欢节死于非命的悲喜剧。”

特修斯 这是老调重弹，在我征服希腊凯旋时，就已经表演过了。

黎山得 “三三见九，九位罗马文艺女神哀悼文艺沦为乞丐卖唱的悲剧。”

特修斯 这是一出讽刺剧，批评尖锐，但是在婚礼后演出，好吗？

黎山得 “年轻的皮拉摩和情人西施碧不讨人喜欢的悲剧，又是充满了悲情的喜剧。”

特修斯 充满了悲情的却是喜剧，拖拖拉拉的却又是短剧。这不等于说：烫手的是冰块、墨黑的是雪花吗？这种矛盾怎能得到调和呢？

伊杰斯 主公，这出戏只有十来个词，可以说是我所见过的再短也没有的戏剧；但是十来个词却又拖拖拉拉，叫人讨厌，所以又太长了。因为全剧没有一个词用得好，没有一个演员会演戏，所以说，尊贵的主公，这是个悲剧。因为剧中的皮拉摩自杀了，我在排演时看到这里，说老实话，我的眼睛不免泪下如雨，不过这些眼泪都是笑破了肚皮才流出来的。

特修斯　演员是什么人？

伊杰斯　是一些粗手笨脚的在雅典干粗活的工匠。他们干活从来没有得心应手过，现在，为了要在婚礼场上演出而背台词，累得喘不过气来。

特修斯　那我们倒要听听。

伊杰斯　不必了，主公，戏中的话不堪入耳。我从头到尾听过排练，觉得空空洞洞，毫无可取，除非你不肯辜负他们的一片好心好意，还有汗流浃背的苦劳。

特修斯　我倒要听听这出戏，不能对不起人家真心诚意的表演。去把他们带来。——诸位女士，请就座吧！

（伊杰斯下。）

西波丽　我不喜欢看力不胜任的人挑过分沉重的担子，或者接受压垮身体的任务。

特修斯　怎么，亲爱的？他们还不会糟到那个地步吧？

西波丽　刚才不是说他们是笨手笨脚的杂活工吗？

特修斯　只要他们尽心尽力，表演虽然不能出人头地，我们却也应该欢迎。这不正是表示宽宏大量吗？我们要会从弱点中看出优点来；如果他们是心有余而力不足的话，我们就要看重心意，不要看重力气。我每到一个地方，大小官员都要表示欢迎。我看他们有的战战兢兢，脸色发白，有的话才说到一半就打住了，有的啰啰唆唆说了事先准备好的话，有的却又哑口无言，只说得出"欢迎"两个字。相信我，亲爱的，我要在无声中听到欢迎，在敬畏中发现谦逊，就像听了口若悬河的满口赞扬一样。因此，亲爱的，张口结舌吐露出来的感情，就我所能理解的，并不下于夸夸其谈。

（伊杰斯上。）

伊杰斯　主公容禀，念开场白的演员来了。

特修斯　让他上来。

（喇叭声中，昆斯上。）

开场白　（昆斯念）

如果演得不好，那可不是我们本意，
请大家多原谅。我们不敢冒犯虎威，
而是诚心实意，有半斤，说五两。
这就是我们尾声的开场。
请原谅我们演出并没有恶意，
只不过是为了讨大家欢喜。
我们不来，你们可要后悔莫及。
演员一上场，你们就会知道，
你们想要知道多少，
就会知道多少。

特修斯　这家伙似乎没有说到点子上。

黎山得　他摆脱了他的开场白，就像一匹脱缰的小马跑起来就不会停。这也是个教训，主公，光会说话不行，还要说得对头。

西波丽　的确，他念开场白就像一个顽童在录自己的声音，想到哪里就说到哪里。

特修斯　他讲的话就像盘根错节的链条，一环不缺，但是乱七八糟缠成一团。下面该谁出场了？

（喇叭手领先，皮拉摩［波顿饰］、西施碧［甫路特饰］、墙壁［斯洛饰］、月光［塔沃林饰］、狮子［斯纳格饰］上。）

开场白 （昆斯念）诸位会觉得这出戏很怪，
怪虽然怪，终究会说明白。
想知道吗？这个男人叫皮拉摩，
这个女人西施碧怕狮子老虎。
这个演墙的人满身沙子泥土，
不做好事的墙把一对情人分开。
这对男女隔墙倒也谈得开怀，
透过墙缝说话没有什么奇怪。
这个提灯、带狗、拿着荆棘木柴
的人，你想知道是谁？他演月光。
在月光下，情人相逢在古坟上，
他们在那里求婚，还谈情说爱。
不料忽然跑出一头灰狮子来，
西施碧头一个在黑夜里来到，
一见狮子，吓得立刻转身就跑，
却忘记了她丢在地上的长袍。

狮子张口，把长袍咬得血淋淋。

接着来了皮拉摩，他身高年轻，

一看到西施碧长袍上的血污，

以为他的情人已经一命呜呼，

立刻拔刀刺入热血沸腾的胸膛。

不料西施碧还在树林中彷徨，

一见他死，就用他的刀自杀身亡。

狮子、月光、墙壁、情人还在现场，

结果如何，他们会对你们细讲。

（除墙壁外，其他演员都下。）

特修斯　奇怪的是，狮子怎么说话？

德米律　那有什么奇怪，主公？世界上这么多傻瓜笨驴都在说话，狮子为什么不说呢？

墙　壁　（斯洛饰）一段插曲刚刚演过，

要演墙壁轮到斯洛。

这墙你可想象不到，

墙上居然有缝一条。

皮拉摩常隔着墙壁

和西施碧谈内心的秘密。

这些石灰、砖头、沙子和泥

说明我就是堵墙壁。

这条裂缝又直又长，

情人可以倾吐衷肠。

特修斯 即使石灰能有头发，能说得比墙壁更动听吗？

德米律 主公，这是我听到的最能言善“骗”的墙壁了。

特修斯 不要多说，皮拉摩已经走到了墙边。

（皮拉摩上。）

皮拉摩 （波顿饰）脸色惨淡的黑夜，黑得无边辽阔。

夜啊，白天一死，你就开始生活。

夜啊，夜啊，哎哟，哎哟，哎哟！

但愿我的西施碧不要失约。

墙壁，墙壁，甜蜜无比的墙壁，

你曾在我们的父亲之间站立！

墙缝，墙缝，甜蜜无比的墙缝，

穿过墙洞，我们的眼光闪烁流动！

（墙壁张开双腿。）

谢谢墙壁，天神祝福你如此多礼。

（皮拉摩从双腿间瞭望。）

怎么？我看不到我的好西施碧。

啊，狠心的墙壁，我看不到幸福！

啊，该死的砖墙，气得我只想痛哭！

特修斯　我看墙如多愁善感，就该回嘴诅咒。

皮拉摩　（波顿饰）不能，说老实话，墙壁不能反驳。因为"想痛哭的"是西施碧，她就要上场了。我是从墙洞中看到她的，我就要像墙壁一样倒地。——瞧，那不是她来了。

（西施碧上。）

西施碧　（甫路特饰）墙啊，你听过我多少次申诉

你把我和皮拉摩隔开的痛苦？

我的樱唇吻的是你的砖石泥土，

不是我心中热爱的皮拉摩。

皮拉摩　（波顿饰）我通过墙缝看见了你的声音，

偷听到了西施碧脸上的表情。

西施碧　（甫路特饰）你是我的情郎，我心里这么想。

皮拉摩　（波顿饰）随便你怎么想，我是你的情郎。

为了看你，过河淹死也不冤枉。

西施碧　（甫路特饰）你愿为我而死，我愿和你同亡。

皮拉摩　（波顿饰）你能通过不作美的墙洞吻到我吗？

西施碧　（甫路特饰）我能吻到砖头，吻不到你嘴巴。

皮拉摩　（波顿饰）我们就去古坟上见面，好不好？

西施碧　（甫路特饰）不管死活，我也要说到做到。

（皮拉摩同西施碧下。）

墙　壁　（斯洛饰）我已经演完了墙壁，

现在要下场去休息。（下。）

特修斯　隔开情人的墙总算倒了。

德米律　主公，怎能不倒？偷听的人怎能不心虚？

西波丽　我没听过这样没意思的戏剧。

特修斯　最好的戏剧也不过是生活的缩影，最坏的也坏不到哪里去，不过是用理想去补充幻影而已。

西波丽　那也只是你的想象，不是他们的想象。

特修斯　只要我们不把它想象得比他们自己想象的更坏，那他们就可以算是顶好的人。又有两个高等动物上场了：一个是人，一个是狮子。

（狮子和月光上。月光提灯，带狗，手拿柴枝。）

狮　子　（斯纳格饰）女士们看见小老鼠在地上爬，

她们善良的内心会感到害怕。

现在狮子发出了疯狂的怒吼，

那简直是要使地动山摇。

但不必惊慌，我只是斯纳格细木匠，

既不是雄狮，也不是小狮子的娘。

如果我在这里演好斗的狮子，

那也是一生中万不得已的事。

特修斯　非常温和的野兽，还有人性呢。

德米律　主公，这是我见过的最善良的野兽。

黎山得　狮子只有这样勇敢，还比不上狐狸呢。

特修斯　的确，他这样稳重，简直成了笨鹅。

德米律　主公，不是这样，只是他的勇气没有胜过他的稳重。狐狸的狡猾胜过了他的勇气，所以把笨鹅偷走了。

特修斯　我敢肯定，稳重还是不如勇敢。笨鹅虽然不如狐狸，但是狐狸也怕勇敢的猎人。得了，我们不如把这个问题留给他们去谈，我们还是来听听月光说了些什么吧。

月　光　（塔沃林饰）一角新月挂着灯笼——

德米律　月光头上应该有角呀。

特修斯　他不是新月，圆月并不露角。

月　光　（塔沃林饰）一角新月挂着灯笼，

我似乎成了笼中人。

特修斯　这是剧中最大的错误：月中人应该在灯笼里呀。否则，他怎么能叫“月中人”呢？

德米律　他不敢进灯笼里去，因为，你看，蜡烛发出的火光正在生气呢。

西波丽　我对这个月亮已经厌倦了。能不能有点变化？

特修斯　从她微弱的光线看来，已经是西沉的下弦月了，还是耐心等着瞧吧。

黎山得　接着说吧，月光！

月　光　（塔沃林饰）我要说的只是告诉你们：灯笼就是月亮；我就是月中人；柴枝就是月中做柴用的树枝；这只狗就是月中人的狗。

德米律　怎么？这些人物不在灯笼里？他们不是月中人物吗？——但是不要说话——西施碧来了。

（西施碧上。）

西施碧　（甫路特饰）这不是古坟吗？我的情人呢？

狮　子　（斯纳格饰）嗬！

（狮子一吼，西施碧吓得转身就跑，外套落

在地上。）

特修斯　狮子吼得不错。

德米律　看，皮拉摩来了。

黎山得　狮子却走了。

（皮拉摩上。）

皮拉摩　（波顿饰）月亮啊，谢谢你太阳般的光辉，

你是如此光明美丽，令人心醉。

我相信你的灿烂夺目的金光

可以照出西施碧的真实模样。

但等一等，真是可恨！

你看一看，武士能不勇敢？

多么悲哀！多么可怕！

我的眼睛，你看见吗？

啊，你怎么会——

啊，我的宝贝！

这是你的外套：

这件血淋淋的长袍！

凶神恶煞，快快显身！

快快来吧，复仇女神！

快斩断生命线！

没有什么可怜。

特修斯　这样哀悼情人的死，看起来很凄惨。

西波丽　真讨厌，我倒同情这个人了。

皮拉摩　（波顿饰）

天呀，为什么世界上要有狮子？
造成了我如花似玉人儿之死！
她是——不，不——她本是最美的天使，
生活，爱情，喜好，模样，哪一点不是？
眼泪，快涌上我的眼眶！
宝剑，快离开剑鞘来刺伤
皮拉摩的胸膛。他左边的心房！
这就是，这就是我的死亡。
现在，我的灵魂已在天上，
舌头吐出光芒，飞向天上的月亮，
这就是死亡，死亡，死亡。

德米律　是一个人的死，不是双双死亡。

黎山得　不是一个“人”，因为人死了就不再是“人”了。

特修斯　如果有医生救命，还可以起死回生，变成驴子。

西波丽　西施碧还不回来？月光到哪里去了？

（西施碧上。）

特修斯　她可以在星光中看到皮拉摩。——这不她就来了。她的热情奔放，就要结束好戏一场。

西波丽　我希望她不要多讲，这样的皮拉摩，可以长话短说。

德米律　他们难分高下，皮拉摩，西施碧，哪个高？哪个低？

黎山得　她的眼睛一转，心里就乱。

德米律　你看她的意思是说，不言自明。

西施碧　（甫路特饰）睡吧，我的情人；
死了，我的鸽子？
啊，皮拉摩，起来
说话！你哑了吗？
死了，死了。坟墓，
闭上你的眼睛，
百合般的嘴唇，
樱桃般的鼻孔，
金花般的笑脸，
怎么不见，不见？

情人使我痛哭，
眼睛葱一般绿！
三位命运女神
快来，快来救人！
双手苍白如奶，
放到伤口上来！
既然你已剪断
他的生命线段。
舌头，不要说话！
可靠的刀，来吧！（自杀。）
刺穿我的胸膛！
再见，诸位朋友，
西施碧的一命悠悠，
要共情人天长地久！（死。）

特修斯　只好让月光和狮子来埋葬情人了。

德米律　不错，还有墙壁。

波　顿　（起立。）不行！我告诉你们：分开他们的父亲的墙壁已经倒了。你们愿意听闭幕词，还是看我们跳乡村的双人舞呢？

特修斯　我求你不要念闭幕词了，你们的戏不用解释。既然演员都已经死了，还能怪哪一个呢？如果写剧的人来演皮拉摩，用西施碧的袜带吊死自己，那也是圆满的下场，胜利地完成任务了。现在，来吧，收起你们的闭幕词，开始你们的化装舞会吧。夜半钟声的铁舌已经铿锵敲了十二响。情人们，上床吧，是会神女的时刻啦！我怕我们会睡过明天的清晨，透支今夜的美景良辰。我们的双手都摸得出来：粗陋的演出耽误了深夜沉重的脚步。我们要用两个星期来庆祝婚礼，用每夜的狂热来表达我们的欢喜。

（好人罗宾上。）

罗　宾　现在饥饿的狮子怒吼恶喊，
饿狼瞧着月亮，虎视眈眈，
耕田的农夫发出鼾声如雷，
疲劳的耕作令人浑身骨碎。
没烧完的火把苟延残喘，
凄惨的猫头鹰厉声呼唤，
唤醒了墓中人悲伤的回忆，
瞥见了他临终时身穿的尸衣。

现在是夜深人静的时候，
荒野的坟墓张开了大口，
吐出了墓中的幽灵鬼影，
去教堂忏悔生前的旧情。
我们的小仙女和小精灵，
追随着地狱的三头女神，
离开了普照大地的阳光，
进入了幽深黑暗的梦乡，
带来了欢声笑语，没有老鼠
来扰乱这神圣的场所，
我带着一把扫帚先行
来把屋前门后打扫干净。

（仙国之王欧贝朗、仙后荻太娅及侍众上。）

欧贝朗　让昏昏入睡、快要消逝的火光
把这寻欢作乐的场地照亮。
每个仙女和小精灵
都要雀跃飞出丛林，
随我唱出欢乐的歌声，
跳舞要轻松得像飞行。

荻太娅　首先你们要背熟歌词，

用颤音唱出每一个字。

手挽着手，跳着天宫仙舞。

用音乐使这里得到祝福。

（仙女歌舞。）

仙　女　（唱）现在，在天亮之前，

每个仙女都要表演。

跳到新婚人的床前，

送上我们的祝福千遍。

无论发生什么问题，

解决得都非常满意。

你们这三对新婚夫妻

要永远相爱，永不分离。

大自然会手下留情，

不让病毒沾你们的身；

黑痣、伤疤和兔唇

也不会沾染你们的子孙。

田野的露珠象征着幸福，

每个仙女要走自己的路，

要把幸福洒向家家户户，

使王宫和百姓平安相处。

快快行动起来，不要耽误！

天亮之前，我们还要会晤。

（众下，罗宾除外。）

罗　宾　如果这些形影有所冒犯，

只要你想得开，就可冲淡。

你只不过做了大梦一场，

所见所闻都是梦中形象。

而这个微不足道的主题

如梦似幻，为了讨你欢喜。

希望诸位不要求全责备，

如蒙谅解，我们感激不已。

我只是一个老实的罗宾，

如我不配得到这个虚名，

也请诸位不必吐舌鼓唇，

说虚言妄语与罗宾相称。

敬祝晚安！如蒙报以掌声，

我们大家必将感恩一生。

（2016年11月15日译完）

译后记

《图说莎士比亚戏剧》第234页上说："《仲夏夜之梦》中的魔法、诙谐、音乐和美景堪为莎剧之最，令人目不暇接。剧名所指的仲夏节是伊丽莎白时期英国人狂欢的时节。"但是剧中写的却是五月一日前的四天，不能算是"仲夏"，而法文译本已把"仲"字删掉，所以这个中译本也就只译成《夏夜梦》了。

《图说》接着说："这个剧本充满超现实的奇思异想，在入夜的森林里，现实和幻想模糊了界限，魔力盘旋在情侣们的梦境中。"剧中有五对情侣，第一对是古代雅典的特修斯公爵夫妇。根据传说，公爵征服了亚马逊，而公爵夫人却是亚马逊女王。剧本开始，公爵就对夫人说（用朱生豪译本）："把忧愁驱到坟墓里去；那个脸色惨白的家伙，是不应该让他参加在我们的结婚行列中的。""我用我的剑向你求婚，用威力的侵凌赢得了你的芳心；但这次我要换一个调子，我将用豪华、夸耀和狂欢来举行我们的婚礼。”

上面引用了朱生豪的译文。《翻译论集》的编者罗新璋认为朱译莎剧是“杰出”的译本。但《翻译论集》中又引用了钱钟书的话说：“艺之至者，从心所欲而不逾矩。”“艺”指艺术，我看文学翻译不是科学，而是艺术，所以也可以应用这句话。“从心所欲”就是译者要发挥主观能动性，“不逾矩”却是不违反客观规律。换句话说，就是不违反原文的内容，而要尽可能选择最好的译文表达方式。

朱生豪的译文有没有选择最好的译文表达方式呢？“把忧愁驱到坟墓里去”中的“驱到”二字不是舞台上的用语，可以加一个字，改成“驱逐到”，或者改用更口语化的“赶到”，或者更进一步，用更形象化的“扫到”，把忧愁扫到坟墓中去，我看这就是发挥译者的主观能动性，选择更好的译语表达方式，而又不违反作者本意的例子。朱译接着说：“那个脸色惨白的家伙，是不应该让他参加在我们的结婚行列中的。”那个家伙是指“忧愁”，把抽象的

"忧愁"具体化，甚至人格化为"家伙"也不容易理解。本书译文把这两行译成："把忧郁和痛苦都扫进坟墓里去吧！我们怎能让忧伤悲哀的面孔出现在美好的日子里呢？"用"面孔"取代了"家伙"，这是用部分译整体的方法，也可以算是一种更好的表达方式。

朱译接着说："我用我的剑向你求婚，用威力的侵凌赢得了你的芳心。"公爵是希腊神话中的英雄人物，征服了雅典、亚马逊等地，西方读者对他有所了解，所以"用剑求婚"可以表示英雄气概，但对不了解希腊神话的中国读者来说，力量可能有所不足，所以可考虑在"剑"前加上"所向无敌"，可能力量更大；尤其是"用威力的侵凌"更不能表达英勇的行为，不如说是"打败了千军万马的胜利"，这都可以算是更好的表达方式。同样的道理，"豪华、夸耀和狂欢"可以考虑改为"要看得天地都目瞪口呆，听得人们都神魂颠倒，醉得全世界都昏天黑地"。但这是否又太过了？

我们再来看看公爵的新夫人是如何谈到四天后的新婚典礼的。朱生豪的译文是："四个白昼很快地便将成为黑夜。四个黑夜很快地可以在梦中消度过去，那时月亮便将像新弯的银弓一样，在天上临视我们的良宵。”对照一下原文，莎士比亚用了“steep”（浸泡）这个动词，说婚前的四个白天浸泡在四个黑夜之中，黑夜会把白天浸洗得更加光辉美丽。莎士比亚用词具体而形象化，由此可见一斑。朱译只说白昼“成为”黑夜，虽然不能算是误译，但是不能说是用了最好的译语表达方式。本书译成：“四个白天经过黑夜的洗礼，会显得更加光彩夺目。”“洗礼”二字既更接近原文“浸泡”的原意，又有焕然一新的含义，这就可以算是更好的表达方式了。接着原文用的第二个动词“dream”本来只是“梦”的意思，但是因为前面的动词有“焕然一新”的含义，所以，“梦”也取得了美梦、好梦之意。朱译前面的动词用了“成为”，没有“焕然一新”的意思，梦也只表示做梦，不表示美梦或好梦了。所以说，此处朱译没有用最好的译语表达方式。最后，夫人谈到弯月像银弓“临视”良宵，“临视”二字不是口语，“银弓”没有说明是爱神丘比特的银弓，那弯月照良宵只是客观的描写，而爱神的银弓射向新婚良宵的却是美满的爱情。这真是差之毫厘，失之千里了。可见莎士比亚用心之苦，用词之精。本书的后半译文如下："新月有如爱神弯弓射出的闪闪银光，会把幸福洒满我们的新房。"怎么知道银弓是指爱神的弓箭呢？下面就有说明。

公爵夫妇是剧中第一对新婚情侣，第二对是黎山得和何美娅。我们看看他们是如何谈情说爱的。何美娅和公爵一样，也对黎山得谈到"银弓"的事。朱生豪的译文是："凭着丘匹德最坚强的弓，凭着他的金镞的箭，凭着维纳斯的鸽子的纯洁，凭着那结合灵魂、祜祐爱情的神力，凭着古代迦太基女王焚身的烈火，当她看见她那负心的特洛亚人扬帆而去的时候……我向你发誓，明天一定会到你所指定的那地方和你相会。"朱译中的"弓"前加了爱神丘比特的名字，但是没有加"爱神"二字，而译名多种多样，不加就不清楚；维纳斯前也没有加"美神"二字，鸽子更没有说明是为美神拉车的飞鸽；最重要的是迦太基女王的事说得不清不楚，女王为什么焚身自杀？特洛亚人是什么人？"扬帆而去"说明什么？这对读过荷马史诗的西方读者来说可能不难，但对中国读者就非解释不可了。所以本书译为：“我用爱神的金弓银箭起誓，要他的箭头能射中情人的心；我再用为美神驾车的飞鸽起誓，要飞鸽不断把美酒向人间；我还要用使灵魂和爱情结合在一起的一切起誓，甚至用迦太基王后被特洛亚王子遗弃时焚身自尽的烈火来起誓，像金弓银箭射出的爱、飞鸽洒下的美、烈火烧不尽的感情一样，我明天会在约好的地方和你见面。”这个译文可以算是“从心所欲而不逾矩”的译文。再看前面提到的“豪华、夸耀和狂欢”的另一种译文，虽然“从心所欲”加词较多，但还是符合莎士比亚的风格，可以算是“不逾矩”的。